怪談十二か月
冬
白い季節と黒い闇《やみ》

冬

1月

はじまりの椿《つばき》 5
雪まろげ 19
七草粥《ななくさがゆ》 27

2月

雪影《ゆきかげ》 39
寒椿《かんつばき》 予祝《よしゅく》の花 51
追儺《ついな》（鬼《おに》は外） 65

追儺《ついな》（節分《せつぶん》の夜）　71
紅梅《こうばい》　83

3月

氷柱《つらら》と雪　91
椿《つばき》落花　107
記念写真　121
雛語《ひながた》り　133

冬 1月

怪談《かいだん》

はじまりの椿《つばき》

六十日に一度回ってくる庚申《こうしん》の夜には、
村中の者が集まり、夜通し眠《ねむ》らず、
身を慎《つつし》んで静かに過ごす民間信仰《しんこう》の行事があった。
『庚申《こうしん》待ち』という。
庚申《こうしん》の夜に眠《ねむ》ると、人に巣くう虫「サンシ」が、体を抜《ぬ》け出し、
人の寿命《じゅみょう》を司《つかさど》る天帝《てんてい》にその人の犯《おか》した罪《つみ》を告《つ》げに行く。
罪《つみ》の分だけ寿命《じゅみょう》が縮《ちぢ》むため、
庚申《こうしん》の夜には虫たちが抜《ぬ》け出さぬよう徹夜《てつや》をした。
この風習は平安時代に中国から日本に伝わり、
最初は貴族《きぞく》たちの行事だった。

それがいつの頃《ころ》からか、庶民《しょみん》の間にもこの信仰《しんこう》は広まっていった。
身を慎《つつし》むといっても、一晩中黙《ひとばんじゅうだま》りこくっている訳《わけ》ではない。
村人たちは食べ物や酒などを持ち寄《よ》り、お堂の中で、ささやかな宴《うたげ》を開く。
単調な村の生活の中で、六十日に一度の楽しみとなっていた。
ある年の一月、庚申《こうしん》の晩《ばん》。
夜も更《ふ》けて、下弦《かげん》の月が冷たい光を投げかけている寂《さび》しい道を、
庚申堂《こうしんどう》に急ぐひとりの村人がいた。
彼《かれ》は用事で村の外に出ていて、
これから庚申《こうしん》待ちの宴《うたげ》に加わろうと家を出たところだった。
冷たい風に、手に持った松明《たいまつ》の火が揺《ゆ》らいだ。

揺《ゆ》らぐ炎《ほのお》が一瞬《いっしゅん》、照《て》らした先の道端《みちばた》に

うずくまる影《かげ》が浮《う》かび上がった。

老人や病人、男の妻《つま》のように幼《おさな》い子を持つ母親を除《のぞ》いて、

ほとんどの村人は、庚申堂《こうしんどう》に集まっているはずだ。

道端《みちばた》にいるのは誰《だれ》だろう。

男は恐《おそ》る恐《おそ》る声をかけた。

「そこにいるのは誰《だれ》だ」

「水を・・・水を飲ませてくだされ」

弱々しい声に男は安堵《あんど》し、近づいた。

大きな荷を背負《せお》った白髪《しらが》の老人が、松の根元にうずくまっていた。

旅の商人だろうか。

今宵《こよい》は庚申《こうしん》待ちだから、
日暮《ひぐ》れの後《あと》にこの道を歩く村人はほとんどいない。

旅人が行き倒《だお》れていても誰《だれ》も気づかなかったに違《ちが》いない。

「水だな。少し待っていてくれ」

男は近くの井戸《いど》に行くと、
そこにあった柄杓《ひしゃく》になみなみと水を汲《く》み、老人に与《あた》えた。

老人は喉《のど》を反《そ》らせて、ぐいぐいと水を飲んだ。

「すまぬが、もう一杯《いっぱい》」

老人は三度ほど水を飲むと、ようやく満足したのか、大きな息を吐《は》いた。

白髪《しらが》がつやつや輝《かがや》き、まるで銀の冠《かんむり》のようだ。

衣服は錦《にしき》だろうか、きらびやかで、
この辺《あた》りでは見かけたことのない形だった。

「ありがたい。御礼《おんれい》申し上げる」

男は老人の仰々《ぎょうぎょう》しい言葉に、あっけにとられた。

「さて、使いの途中《とちゅう》にて、さしたるお礼はできぬが」

老人は懐《ふところ》から分厚《ぶあつ》い紙包《かみづつ》みを取り出し、男に差し出した。

この時代、紙は高級で貴重品《きちょうひん》だ。

男は思わず、その場にひざまずいて受け取った。

「中には美味《うま》いものが包《つつ》まれておる。
人魚の肉だ。舌《した》がとろけるぞ」
「人魚」
老人は背《せ》の荷物から、ズルズル長いものを引き出した。
体半分は裸体《らたい》の人、腹《はら》から下は魚。
人魚は青白く、固く目をつぶり動かない。
それは月の光を浴《あ》びて、ぬらぬら輝《かがや》いた。
男は薄気味《うすきみ》悪さにゾクッとした。
「人魚は水族の中でも下等だが、薬になる。
我《われ》は竜宮《りゅうぐう》の使い。

淡海《おうみ》の宮《みや》への途中《とちゅう》で、水が切れ難儀《なんぎ》していた」
老人の姿《すがた》は闇《やみ》に溶《と》けるように消えた。
「夢を見ていたのか」
しかし手には紙包《かみづつ》みがある。
ずしりとした重さが夢ではないと告《つ》げていた。
庚申堂《こうしんどう》に行く気持ちは既《すで》に失《う》せていた。
男は家に戻《もど》った。
囲炉裏《いろり》の前に座《すわ》り、男は紙包《かみづつ》みを開いた。
白い肉の上に虹色《にじいろ》の油が、輪のように滲《にじ》んでいる。
男は空腹《くうふく》を覚《おぼ》え、ごくりと唾《つば》を飲み込《こ》んだ。

「とろけるぞ」

老人の言葉を思い出す。

男はまず、匂《にお》いを嗅《か》いだ。

甘《あま》いよい香《かお》りが鼻に広がり、涎《よだれ》を誘《さそ》う。

食べようと口を開《あ》けたとき、

松脂《まつやに》を燻《いぶ》したような、胸《むね》が重くなる不快《ふかい》な臭《にお》いが喉《のど》を突《つ》いた。

男は肉の包《つつ》みを持った手を下ろした。

「とと」

寝《ね》ぼけた甘《あま》え声が脇《わき》から聞え、男は飛び上がるほど驚《おどろ》いた。

それは彼《かれ》の幼《おさな》い娘《むすめ》だった。

やっと四つになった娘《むすめ》が、いつのまにか寝床《ねどこ》をはい出し、
傍《かたわ》らから男を覗《のぞ》き込《こ》んでいた。
あっという間の出来事だった。
幼子《おさなご》は男の手の上に置かれた肉を見ると、
猫《ねこ》のような素早《すばや》さで口に入れ、
口いっぱいに頬張《ほおば》り、飲み込《こ》んでしまった。
男が止める間もなかった。
ぐふうぅぅ
幼子《おさなご》の口から、聞いたことのない声が漏《も》れた。
それは忌《い》まわしく、男は不吉な予感に襲《おそ》われた。

「だ、大事ないか？」

男はやっと幼子《おさなご》に声をかけた。

幼子《おさなご》は顔いっぱいに、可愛《かわい》らしい笑《え》みを浮《う》かべて、

満足そうにうなずいた。

結局、男の家には何も起きなかった。

幼子《おさなご》は病気もせず、すくすくと育ち、たいそう美しい娘《むすめ》になった。

十六歳《さい》になったときには、

近隣《きんりん》でいちばん美しく賢《かしこ》い娘《むすめ》と噂《うわさ》されるようになっていた。

そしてそれは永遠に続いた。

娘《むすめ》の両親が亡《な》くなり、娘《むすめ》の夫《おっと》が何人も年老《お》いて世を去《さ》った。

しかし、その娘《むすめ》だけは十六歳《さい》のまま、変わらずに生き続けた。
彼女《かのじょ》を守るように屋敷《やしき》には椿《つばき》の木が生《は》えた。
その枝《えだ》を携《たずさ》え、何処《いずこ》へともなく、
彼女《かのじょ》は旅に出たと伝えられている。

人魚の肉や異界《いかい》の食べ物を食べたために、
不老不死になった女性《じょせい》の伝説が、
日本各地にある。

冬　1月

怪談《かいだん》

雪まろげ

雪が積もった。ほんの十センチくらい。
白い雪に覆《おお》われた町は、
いつもと風景が違《ちが》って新鮮《しんせん》に見える。
空気もピリッと冴《さ》えて気持ちいい。
空はまだ灰色《はいいろ》だ。
午後から、再び大雪の予報が出ていたため、
学校は午前中で終了になった。
ボクは途中《とちゅう》まで帰り道がいっしょのRくんと
おしゃべりしながら歩いていた。
「せっかく午後から休みになったのだから、

雪合戦したいけど、これくらいの雪じゃダメかな」
「そうだね、もう少し積もらないと、
きれいな雪玉にならないと思うよ」
Rくんは去年の夏、雪国から転校してきた。
ボクと好きなゲームが同じで、
興味《きょうみ》のあることも似《に》ていたから、
ボクたちは、すぐ友だちになった。
「予報通り、午後から大雪になったら、明日はできるかも」
「校庭で遊べるといいな」
そんなことを話しながら歩いていたとき。

ひゅん

ボクの耳元を掠《かす》めて何かが飛んできた。

目の前の地面に落ちて、割《わ》れた。

雪玉だった。

「うわっ。危《あぶ》なっ」

ボクは驚《おどろ》いて辺《あた》りを見回した。

周囲には誰《だれ》もいない。

この辺《あた》りは住宅《じゅうたく》が並《なら》んでいる通学路だ。

「屋根の雪が落ちたのかな?」

ボクがそう言ったとたん、

ひゅん

もうひとつ。雪玉が飛んできた。

ボクたちはもう一度、ゆっくり周囲を見回した。

誰《だれ》かのいたずらだとしたら、性格《せいかく》が悪い。

だけどこれっぽっちの雪では、

きれいな雪玉なんてできないはずだ。

「ああ。あれだ」

Rくんが指さした方を見る。

屋根の庇《ひさし》の上をころころと

小さい雪玉が転《ころ》がっている。

よく見ると十センチくらいの小さい人が
一生けん命、雪を転《ころ》がして丸めていた。

「あんまり見ると雪目になるよ」

Rくんはボクを促《うなが》して歩き出した。

「明日はきっと、校庭で雪合戦できるよ」

「あれ何?」

「ボクもよく知らない。

でも悪いものじゃないみたい」

灰色《はいいろ》の空から、
チラチラ細かい雪が落ちてきた。

冬 1月

怪談《かいだん》

七草粥《ななくさがゆ》

「いや、助かりました。
ほんとにありがとうございます」
正月早々の山行。
登山ルートを誤《あやま》って、遭難《そうなん》しかけた俺《おれ》を
助けてくれたのは、なんと若《わか》い女性《じょせい》だった。
猟師《りょうし》の見習いをしているという。
毛皮のベストを見たときには、小柄《こがら》な老人に見えたので、
帽子《ぼうし》を脱《ぬ》いだ顔を見たときには驚《おどろ》いた。
彼女《かのじょ》は地元の猟師《りょうし》が使う小屋に、
俺《おれ》を案内し、火を起こした。

「これから下山するとしても、
まず何か食べてからにしましょう」
彼女《かのじょ》はてきぱきと準備《じゅんび》をした。
簡単《かんたん》な囲炉裏《いろり》にかけた古い鉄なべに、
竹筒《たけづつ》から干《ほ》した米をパラパラと入れた。
道具がとても古く、時代がかっている。
「古くてびっくりでしょう?
師匠《ししょう》の教えで、一人前になるまでは
新しい道具は使っちゃいけないんです」
俺《おれ》は感心して、彼女《かのじょ》の横顔を眺《なが》めるばかりだった。

化粧《けしょう》っけのない色白の顔は、町にいる若《わか》い女性《じょせい》と少しも変わらない。
むしろ美しいといえる顔立ちだ。
「どうして猟師《りょうし》に?」
「ずっと山に居《い》るにはこの姿《すがた》の方が、
自然ですから」
何となく、会話がかみ合っていないような気がした。
窓《まど》の外でごうっと風が鳴った。
まだ日は高いが、山の天気は変わりやすく、油断《ゆだん》できない。
何か食べて体を温めるのもいいが、
俺《おれ》は早く下山した方がいいと思った。

彼女《かのじょ》は、ソワソワしている俺《おれ》を横目に、
壁《かべ》にかけてある干《ほ》した草を数種類、
千切《ちぎ》っては鍋《なべ》に入れた。
「もうできます。お椀《わん》出しますね」
いつ頃《ごろ》から置いてあるのか。
彼女《かのじょ》は、煤《すす》で黒くなった茶箪笥《ちゃだんす》の引き戸を開けた。
「茶箪笥《ちゃだんす》と同じくらい食器も古いんだろうな」
俺《おれ》は少し心配になった。
俺《おれ》は食事や食器に関しては、
神経質《しんけいしつ》だと友人からも言われる。

子どもの頃《ころ》から胃腸《いちょう》が弱く、
すぐ腹《はら》を壊《こわ》した。それは今でも変わらない。
案《あん》の定《じょう》、彼女《かのじょ》は古びた木の椀《わん》を取り出すと、
脇《わき》にあった手ぬぐいで、ぐいっと拭《ぬぐ》った。
その椀《わん》に、鍋《なべ》の中から粥《かゆ》を掬《すく》ってよそう。
「さあ、どうぞ。
さっき、お粥《かゆ》に入れたのは干《ほ》した七草です」
彼女《かのじょ》はにっこり笑い、椀《わん》を差し出した。
「今日は確《たし》かに七草ですね」
「ええ、人日《じんじつ》に人に会えましたからね。

七草粥《ななくさがゆ》にしました」

炉端《ろばた》にいる彼女《かのじょ》の赤いくちびるが、色を増《ま》していく。

俺《おれ》をにここしながら、じっと見ている様子《ようす》は、
囲炉裏《いろり》の熱で揺《ゆ》れる空気の向こうにいるからか、
まるでこの世のものではないように思えた。

「さあ、どうぞ」

俺《おれ》は手に持った椀《わん》を見つめた。

粥《かゆ》をよそった椀《わん》はひとつ。

彼女《かのじょ》は食べないのだろうか。

「ああ。いけない。お箸《はし》ですね」

彼女《かのじょ》は俺《おれ》に背《せ》を向け、茶箪笥《ちゃだんす》の引き出しを探《さぐ》っている。

「あなたは食べないんですか？」

「後《あと》で、ゆっくり頂《いただ》きます」

何かが変だと感じた。

彼女《かのじょ》は振《ふ》り向くと、箸《はし》を差し出した。

「さあ、食べて」

否応《いやおう》なし。断《ことわ》れない強い口調だった。

彼女《かのじょ》の美しい目が金色に光っている。

俺《おれ》はザックの中身を思い出した。

それが希望の光になるかもしれない。

「ちょっと待ってください」
俺《おれ》は、ザックを開き、
保存食《ほぞんしょく》入れから、梅干《うめぼ》しを一粒《ひとつぶ》取り出し、椀《わん》に入れた。
「子どもの頃《ころ》から、粥《かゆ》はこうしないと、
食べられないんです」
梅干《うめぼ》しで粥《かゆ》を混《ま》ぜる。
「ああ」とも「おお」とも聞える細い声が、
小屋に響《ひび》いた。
そして、窓《まど》から吹《ふ》き込《こ》んだ風とともに、
彼女《かのじょ》の姿《すがた》も雪になって消えていった。

冬 2月

怪談《かいだん》

雪《ゆき》影《かげ》

久《ひさ》しぶりに東京にも雪が積もった。
前日の午後から降り出した雪が、
一晩中《ひとばんじゅう》降り続いていたらしい。
今は止《や》んでいるが、
しんと耳が痛《いた》くなるような静けさが、
町を覆《おお》っていた。
都会は雪に弱い。
バス、電車など公共交通機関は動いているが、
遅延《ちえん》しているし、何より人が雪に慣《な》れていない。
おぼつかない動作で歩く人たちが多い。

わたしは中学一年まで雪の多い地方に住んでいたから、雪は懐《なつ》かしい。
高校から、今日は午後だけのオンライン授業《じゅぎょう》になるとの連絡《れんらく》が来た。
いつもの時間に起きてしまったわたしは、
少し散歩に出ることにした。
大通りは、通勤《つうきん》の人たちに踏《ふ》まれて雪が溶《と》け、
道がぐちゃぐちゃになっていた。
「どうせなら、まだ誰《だれ》も通っていない道を歩こう」
わたしは、人通りの少ない方に向かった。
静かな住宅街《じゅうたくがい》の路地を曲がる。
暗渠《あんきょ》になっている小道が、二キロ先の公園まで続いている。

真っ白な道に、
わたしの足音だけがサクサク響《ひび》いた。

ぱさぱさ

突然《とつぜん》、五メートルくらい先の植木《うえき》が揺《ゆ》れた。
一匹《いっぴき》の猫《ねこ》がふわりと雪の上に降りた。
雪のような白猫《ねこ》だった。
猫《ねこ》はわたしを気にする様子《ようす》もなく、軽く足を振《ふ》ると、
植《う》え込《こ》みの枝《えだ》を揺《ゆ》らした。
雪の重さを跳《は》ねのけ、枝《えだ》が上下する。
枝《えだ》の動きが楽しいのか、猫《ねこ》は何度もくり返した。

雪の欠片《かけら》がキラキラと舞《ま》う。

忘《わす》れていた雪国の思い出がよみがえるような気持ちになった。

枝《えだ》に飛びついたはずみで、頭から雪を被《かぶ》った猫《ねこ》が首を振《ふ》る。

わたしは思わず、笑ってしまった。

猫《ねこ》は前足を引くように身構《みがま》え、わたしを見た。

「逃《に》げないで、こわくないよ」

わたしは猫《ねこ》が警戒心《けいかいしん》を起こさないように、

そのままじっと動かずにいた。

引《ひ》っ越《こ》す前、わたしの家にも猫《ねこ》がいた。

白黒ブチの雌猫《めすねこ》でだいぶ年を取っていた。

ブチ模様《もよう》なのに、祖母《そぼ》は「ゆき」と呼《よ》んで可愛《かわい》がっていた。
引《ひ》っ越《こ》しが決まったとき、
「猫《ねこ》は家につくから、ここにいた方がずっと幸せだ。
おばあちゃんもそうだよ」
祖母《そぼ》はそう言って、猫《ねこ》といっしょに田舎《いなか》に残った。
それから、毎年雪下ろしのために帰省していたが、
今はもう雪下ろしをする田舎《いなか》はない。
猫《ねこ》も祖母《そぼ》も一昨年、死んでしまったから。
雪の白さが目に痛《いた》い。
目をこすって、涙《なみだ》をこらえた。

にゃあ
猫《ねこ》は小さく鳴き、わたしをじっと見た。
くるっと背《せ》を向け、歩き出す。
「ついて来い」と言っているみたいだ。
白い道の上を、猫《ねこ》の背《せ》を追って静かに歩く。
雪の上に猫《ねこ》とわたしの青い影《かげ》が映る。
どれくらい歩いただろう。猫《ねこ》が急に立ち止った。
わたしの足元に寄《よ》ってくると、見定めるようにグルグル回った。
真っ白い猫《ねこ》だと思っていたのに、
近くで見るとお腹《なか》に黒いブチがある。

どことなく「ゆき」に似《に》ている。
猫《ねこ》は何か言いたげに、口の中で小さく鳴いた。
わたしのズボンに軽く爪《つめ》をかけ、引《ひ》っ張《ぱ》る。
猫《ねこ》の見る方向に、段《だん》ボール箱が置いてあった。
雪が積もっていないから、今朝、置かれたものらしい。
イヤな予感がする。
わたしは段《だん》ボール箱に駆《か》け寄《よ》り、蓋《ふた》を開いた。
黒猫《ねこ》が一匹《いっぴき》、段《だん》ボール箱の中で震《ふる》えていた。
抱《だ》き上げて懐《ふところ》に入れる。
「早く帰って、暖《あたた》めないと」

白に少しブチの猫《ねこ》は、わたしに背《せ》を向け、歩き出していた。

「大丈夫《だいじょうぶ》だから、安心して」

わたしが猫《ねこ》の背中《せなか》に向かってそう言うと、まるで答えるように、一度振《ふ》り返り、雪の色に紛《まぎ》れるように消えて、見えなくなった。

わたしは、家に向かって駆《か》け出した。

冬 2月

怪談《かいだん》

寒《かん》椿《つばき》 予《よ》祝《しゅく》の花

耳たぶを引きちぎるような冷たい風が、吹《ふ》いている。
二月も半ばになるのに、この寒さだ。また今年も飢饉《ききん》になるのか。
天保《てんぽう》六年。
ここは江戸から一日行程《こうてい》ほど離《はな》れた武州《ぶしゅう》の村だ。
「山菜《さんさい》が出ているかもしれないから、探《さが》してくる」
勢《いきお》いよく宣言《せんげん》して家を出てきた千代《ちよ》は、後悔《こうかい》した。
日当たりのよい場所にある梅のつぼみも、まだ固い。
しかし手ぶらで家に戻《もど》る訳《わけ》にはいかない。
まだ雪の残る里山に入る。去年は確《たし》かこの先で、ふきのとうを見つけた。
沢《さわ》の近くまで行けば、他の野草もあるかもしれない。

「クマが出るといけないから」

母が腰《こし》に結《ゆ》わえつけてくれたのは、ひい婆《ばあ》がずっと昔、巡礼《じゅんれい》に出たときの鈴《すず》だ。

ちりんちりん

動くと響《ひび》く鈴《すず》の音は、千代《ちよ》を勇気づけた。

ぽっちりとしたふきのとうを見つけたときには、うれしくなった。

「少しでも食事の足《た》しになればいい」

江戸からそう遠くないこの村では、深刻《しんこく》な食料不足こそなかったが、何を買うにもお金が要《い》った。

千代《ちよ》の家は幸い、お金になるタバコを少しつくっていた。

明日の食べ物にも事欠《か》くほど困窮《こんきゅう》はしていないが、
生活がギリギリなのは千代《ちよ》も知っていた。
千代《ちよ》には兄がいた。
兄は地道な暮《く》らしを嫌《きら》い、去年、村を捨《す》て、江戸へと逃《に》げ出していた。
「兄さんがいれば。お父もお母も少しは楽になるのに」
少量の山菜《さんさい》を籠《かご》に集め終わり、腰《こし》を伸《の》ばしたとき、
千代《ちよ》の目はそれを捉《とら》えた。
丸い笠《かさ》を被《かぶ》り、黒い服を着た、すらりとした人影《かげ》が、
沢《さわ》を行き悩《なや》むように歩いていた。
「あんなところに、お坊《ぼう》様？」

目の下の沢《さわ》は緩《ゆる》やかな流れだが、少し下ると急流となる。

千代《ちよ》は斜面《しゃめん》を駆《か》け下りていた。

「そこから先は危《あぶ》ないで。こちらへ」

僧《そう》は立ち止り、振《ふ》り向いた。笠《かさ》のすき間から覗《のぞ》く顔を見て、
千代《ちよ》は再び驚《おどろ》いた。とても美しい少女だった。

年は千代《ちよ》と変わらないくらい、瞳《ひとみ》が青く見えるほど澄《す》んでいた。

白髪《はくはつ》が肩《かた》で切り揃《そろ》えられている。

「ありがとうございます」

千代《ちよ》は近づいて尼《あま》に手を貸《か》した。

柔《やわ》らかくほっそりとした白い指。

きっと一度も畑仕事などしたことがないのだろう。

千代《ちよ》は自分の手と比《くら》べて、頬《ほほ》を赤らめた。

村までの道すがら、尼《あま》は自分の境遇《きょうぐう》を話した。

諸国《しょこく》を巡礼《じゅんれい》しているという。

今は出羽《でわ》の国から江戸へ向かう途中《とちゅう》なのだそうだ。

この若《わか》さで！　千代《ちよ》は驚《おどろ》き、無邪気《むじゃき》に尋《たず》ねた。

「ひとりかえ。家のもんは？」

「もう誰《だれ》もいませんので」

「飢饉《ききん》で死んだの？」

千代《ちよ》は言ってから、しまったと思った。

去年の飢饉《ききん》では、陸奥《むつ》や出羽《でわ》で、たくさんの死者が出たとの噂《うわさ》だった。
尼《あま》は静かに首を横に振《ふ》り、沈黙《ちんもく》した。
家が近づくにつれて、千代《ちよ》は不安になった。
千代《ちよ》の家は、お客を迎《むか》えるほど、裕福《ゆうふく》ではない。
父や母は尼《あま》を見て、何と思うだろうか。
うわべでは歓迎《かんげい》しても、心の底では、
「お前も兄といっしょで、家のことを何も考えないごくつぶしだ」
と罵《ののし》られるのではないか。
すると、まるで千代《ちよ》の心を読んだかのように、
尼《あま》は頭陀袋《ずだぶくろ》から何かを取り出し、千代《ちよ》に渡《わた》した。

お金だ。それは見たこともない黄金色《こがねいろ》に輝《かがや》いていた。

「助けて頂《いただ》いたお礼です」

尼《あま》は大人《おとな》の女性《じょせい》のような言葉を続けた。

「ほんの少し休ませて頂《いただ》いたら、すぐに出立いたします。

ご心配なさらないでください」

しかし千代《ちよ》の想像《そうぞう》に反して、父も母も尼《あま》を温かく迎《むか》え入れた。

白湯《さゆ》と粗末《そまつ》な食事を出してもてなした。

千代《ちよ》が尼《あま》に貰《もら》った金を父に見せると、

父は尼《あま》にお金を返した。

「不相応《ふそうおう》なお礼を頂《いただ》く訳《わけ》には参りません。日も傾《かたむ》いて参ります。

貧《まず》しい家ですが、今晩《こんばん》はどうぞうちでゆっくりお休みください」
「ありがとうございます。でもおかげさまで足の疲《つか》れもだいぶ取れました。
今から急げば今日中には隣《となり》の宿場に着けるでしょうから」
尼《あま》は草鞋《わらじ》を履《は》き、丁寧《ていねい》に頭を下げた。
尼姿《あますがた》の少女のいじらしさに、千代《ちよ》は思わず叫《さけ》んだ。
「尼《あま》さま、泊《と》まっていって。
近頃《ちかごろ》は日暮《ひぐ》れ刻《どき》をすぎると街道だって危《あぶ》ないんだ。
ねえ、おとっつあん」
千代《ちよ》は父に同意を求めたが、父は無言だった。
「千代《ちよ》さんはやさしい、よい娘《むすめ》さんですね」

尼《あま》は袋《ふくろ》から小さな苗木《なえぎ》を出した。つやつやした緑の葉がついている。

「これならお礼として受け取ってもらえますね? さあ、どうぞ」

父はこくりとうなずいた。何かを恐《おそ》れているようにも見えた。

「千代《ちよ》。頂《いただ》きなさい」

千代《ちよ》は苗木《なえぎ》を両手で受け取った。

「どうぞご無事で」

「みなさまもお健《すこ》やかに」

千代《ちよ》たちは、庭先で尼《あま》を見送った。

尼《あま》の姿《すがた》が小さくなり、遥《はる》か遠くになったとき父がため息をついた。

「あれは、『おびくにさま』だ。ほんとうに居《い》たんだ」

父母の顔は心なしか青白い。母が呟《つぶや》いた。

「でも、きれいな方だったわね」

「『おびくにさま』って何？」

千代《ちよ》が父に尋《たず》ねた。どうして引き留《と》めなかったのかという不満もあった。

「お父《とう》の在所《ざいしょ》に伝わる神様だか、人だか、わからない方だよ。

ずっとおひとりで、何百年も、さまよい続けるお方だそうだ」

「ずっとひとりで」

千代《ちよ》の心に果《は》てのない野を歩き続ける少女の姿《すがた》が浮《う》かぶ。

思わず手の中の苗木《なえぎ》を見つめた。

「さあ、椿《つばき》を日の当たる場所に植《う》えてやろう。

椿《つばき》は『おびくにさま』の歩いた印。邪気《じゃき》を払《はら》うそうだよ」

千代《ちよ》は呟《つぶや》いた。

「わたしが長生きしたら、また会えるかしら」

後《のち》に千代《ちよ》は、望まれて名主《なぬし》の家に嫁《よめ》に行った。

尼《あま》から貰《もら》った椿《つばき》は、

嫁《よめ》入り道具のひとつとして名主《なぬし》の家の庭にも植《う》えたそうだ。

やがて江戸から明治へと世は移り変わる。

千代《ちよ》は齢《よわい》九十まで長生きした。

天寿《てんじゅ》を全《まっと》うした葬儀《そうぎ》の弔問客《ちょうもんきゃく》の中に、

ひとりの美しい少女のような尼僧《にそう》がいた。

冬 2月

怪談《かいだん》

追《つい》儺《な》（鬼《おに》は外）

「さあ。豆まきはじめるぞ」
節分《せつぶん》の夜、
ボクがリビングでくつろいでいると
イベント好きの父が、
炒《い》り大豆《だいず》の入った大きな枡《ます》を持ってきた。
「うわ。勘弁《かんべん》して」
ボクは心の中で叫《さけ》んだ。
たしかに幼稚園《ようちえん》や小学生のときは、
楽しかったけれど、今はこの行事が、面倒《めんどう》でしかなかった。
玄関《げんかん》や窓《まど》を開《あ》けて、

「鬼《おに》は外、福は内」と大きな声を出すことが、
恥《は》ずかしいという気持ちもある。

姉はまだ帰って来ない。

いつもならとっくに帰宅《きたく》している時間だ。

豆まきから、逃《に》げたのかも。

「ボクの部屋は自分でまくから」

ボクは枡《ます》から少しの豆を握《にぎ》って、
二階の自室に逃《に》げた。

階下から父の大きな声が聞えている。

「だいたい、鬼《おに》なんていないよな」

騒《さわ》がしさを嫌《きら》ってボクの部屋に逃《に》げてきた猫《ねこ》に話しかけた。

猫《ねこ》はボクの呼《よ》びかけを無視《むし》して、じっと窓《まど》の辺《あた》りを見ている。

「何かいるのか?」

こいつがそんな仕草をしているときは、
たいてい虫なんかが、視線《しせん》の先にいる。

元野良猫《ねこ》だったせいか、気配《けはい》に敏感《びんかん》だ。

微《かす》かに揺《ゆ》れているカーテンをパッとめくると、鬼《おに》がいた。

「わっ」

ボクの声に鬼《おに》も驚《おどろ》いたようだ。

十センチくらいの体がぴょんと跳《は》ねた。

ユーモラスな動きだが、
猫《ねこ》は背中《せなか》の毛を逆立《さかだ》てて、威嚇《いかく》している。
小鬼《こおに》の周囲から、不気味な靄《もや》が立ち上った。
ボクはとっさに豆をつかんで投げた。

「鬼《おに》は外」

小さい声しか出なかった。
鬼《おに》は豆を避《よ》けるように、するりとガラスを抜《ぬ》けた。
窓《まど》の外に出た鬼《おに》の体は、一瞬《いっしゅん》ぶわっと大きくなり、
夜の闇《やみ》に消えていった。

冬 2月

怪談《かいだん》

追《つい》儺《な》（節《せつ》分《ぶん》の夜）

夜空に糸のように細い月が浮《う》かんでいる。

人通りの少ない夜道を、
わたしは家へと急いでいた。

親友から悩《なや》みを相談され、話し込《こ》んでしまって、
気がつけば夜になっていた。

「ごめんなさい。これから帰る」

家にメールは入れたが、返信は一言。

「気をつけて」

素《そ》っ気《け》ない。

きっと母は怒《おこ》っているのだろうな。

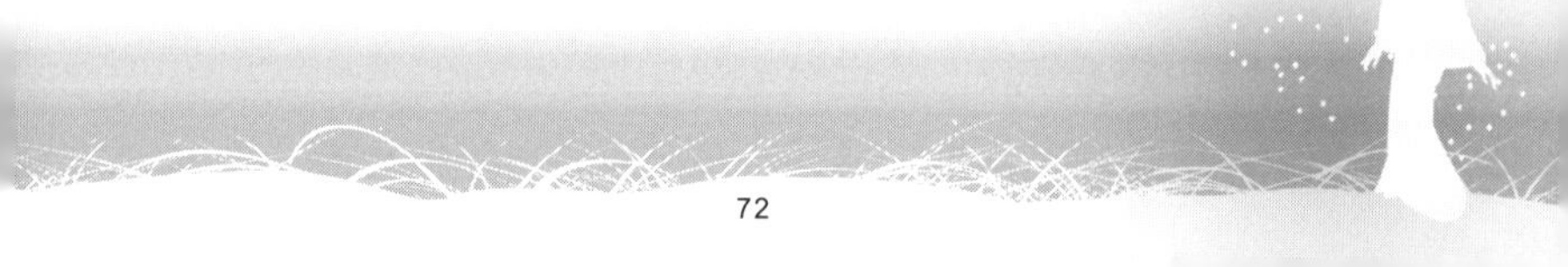

今日は節分《せつぶん》だ。
わたしの家では、節分《せつぶん》の宵《よい》に、
家族で豆まきをする習慣《しゅうかん》がある。
それを黙《だま》ってすっぽかしてしまった。
家に向かう足どりが少し鈍《にぶ》る。
打ち明けられた親友の悩《なや》みも、
こじれた人間関係の悩《なや》みだった。
わたしには重い内容だ。
「他人の心を変えることはできないよ。
自分が変わるしかないと思う」

わたしには、これ以上のアドバイスは
思いつかなかった。

「あんまり、思いつめちゃダメだよ」

そう言って、親友とは駅で別れた。

もう彼女《かのじょ》は家に着いただろうか。

メールしてみようか？　と思っていると、

ひたひたひた

後《うし》ろから迫《せま》る足音に気がついた。

ドキッとして、後《うし》ろを振《ふ》り返る。

住宅《じゅうたく》の並《なら》ぶ薄暗《うすぐら》い道には人の姿《すがた》はなかった。

「気のせいか」

わたしは前を向いて歩き出した。

右側に小さい児童公園が見えてきた。

ここまで来れば、家まではあと少しだ。

そういえば、

児童公園のすぐ横にあるマンションに、

親友の相談で名前が出た生徒が住んでいる。

わたしとはクラスが違《ちが》うので、

どの階に住んでいるとか、詳《くわ》しいことは知らない。

何となく気になって、マンションを見上げた。

キイキイ

児童公園から軋《きし》んだ音が聞えた。

ブランコが揺《ゆ》れている。

さっきは気づかなかったが、

ブランコに人影《かげ》がある。

こんな時間に？

好奇心《こうきしん》から目を凝《こ》らした。

少し背中《せなか》を丸めて座《すわ》る姿《すがた》に見覚《みおぼ》えがある。

わたしと同じ制服。

「そんなまさか」

街灯《がいとう》に浮《う》かび上がるその顔は、駅で別れた親友だった。
その彼女《かのじょ》が今、ここにいる。
彼女《かのじょ》はわたしに気づく様子《ようす》もなく、
ブランコに腰《こし》かけ、
鎖《くさり》を両手で握《にぎ》りしめ、
マンションをじっと見上げている。
声をかけようか。
そう思うが、なぜか言葉が出ない。
わたしは立ちすくんだ。
ポツポツと、

彼女《かのじょ》の周りに青い炎《ほのお》があらわれては消えた。
スマホが振動《しんどう》する。
メールの差出人は親友。
だが、目の前の彼女《かのじょ》は全く動いていない。
震《ふる》える指でメールを開く。
「見ないで」
同時に耳元で彼女《かのじょ》の声がした。
わたしは弾《はじ》けるように、
家に向かって駆《か》け出した。

鬼《おに》を「おに」と呼《よ》ぶようになったのは、平安時代だそうだ。

姿《すがた》の見えないものを意味する漢語「穏《おん》」に由来しているらしい。

現在《げんざい》、鬼《おに》といえば一般的《いっぱんてき》に、頭に角《つの》があり、牙《きば》を持つ、たくましい大男の姿《すがた》で描《えが》かれるが、
その姿《すがた》は、かなり後世になってからのものだ。

本来の鬼《おに》は、人の目には見えない恐《おそ》ろしい力を持つ存在《そんざい》であり、姿《すがた》かたちは一定していないと考えられていた。

古《いにしえ》の人々は、人の心の奥底《おくそこ》に秘《ひ》めた強い感情、たとえば嫉妬《しっと》や執着《しゅうちゃく》からも、鬼《おに》は生まれると考え、それをたいへん恐《おそ》れていたということだ。

冬 2月

怪談《かいだん》

紅《こう》梅《ばい》

入学試験が終わり、結果が出た。

友人と天神様に、合格のお礼のお参りに行った。

天神様の境内《けいだい》では、梅の花が満開だ。

辺《あた》りに梅の清々《すがすが》しい香《かお》りが漂《ただよ》っている。

お参りが終わり、友人が言った。

「おみくじ、引こうよ」

「もう合格したんだから、いいんじゃない?」

わたしは気が進まなかった。

「これから先に、何かいいことがあるか、占《うらな》ってみようよ」

受験前におみくじをひいたときの様子《ようす》を思い出した。

友人の引いたおみくじは、あまりいい結果ではなかった。
すると友人は、『大吉』が出るまで何回も引き直した。
しかし、結局『大吉』は出なかった。
「『大吉』は今が最強で、これから落ち込《こ》むから、
『吉』や『末吉』の方がずっといいんだよ」
わたしは、祖母《そぼ》から聞いた話で、
がっかりしてる友人を励《はげ》ましていた。
今回も友だちに押《お》し切られて、おみくじを引いた。
おみくじは『吉』などの結果の文字より、
いっしょに書いてある和歌や漢詩が重要だそうだ。

そちらにほんとうの神意がある。

これも祖母《そぼ》から聞いたことだ。

おみくじを開く。

「ねえ、ちょっと見て」

友人がおみくじを見せてくれた。

『大吉』

「よかったね」

「どうだった？」

大吉に喜ぶ友人が無邪気《むじゃき》に問いかける。

「普通《ふつう》だよ」と答えながら、ほんとうは、どきどきしていた。

わたしのおみくじは『大凶《だいきょう》』。

漢詩に添《そ》えてある絵も、

老人が粗末《そまつ》な家の中から月を見上げている絵だった。

詩は難《むずか》しく、意味はわからないが、

この絵を見るだけでも、よくないことが書いてあるに違《ちが》いないと思う。

『凶《きょう》』はまれにあったが、『大凶《だいきょう》』は今まで引いたことはなかった。

「確率《かくりつ》の問題だから、逆《ぎゃく》にラッキーなんだ」

そう思う反面、胸《むね》がザワザワする不安もあった。

「お参りも終わったし、帰ろう」

友人は先に立って境内《けいだい》を出ていく。

後《うし》ろ髪《がみ》を引かれるような気持ちで、立ち止っていると、
若《わか》い女性《じょせい》がこちらへ近づいてくるのに気づいた。
そしてすれ違《ちが》うそのとき、呟《つぶや》きが聞えた。
「悪しきことは紅梅《こうばい》の枝《えだ》に」
振《ふ》り返ると女性《じょせい》は、もう人混《ひとご》みの中に消えていた。
すると今度は耳元で、「運は換《か》えればいいの」そんな声が聞えてきた。
わたしはおみくじを紅梅《こうばい》の枝《えだ》に結びつけ、足早に境内《けいだい》を出た。
わたしは何となく思った。
大凶《だいきょう》はきっと、誰《だれ》かの元に行くのだろう。
その結果、報《むく》いがあるかどうかはわからないけど。

冬 3月

怪談《かいだん》

氷柱《つらら》と雪

こんな昔話を聞いた。
雪国に住むある若者《わかもの》が、長い冬の寂《さび》しさに堪《た》えかねて、
話し相手がほしいと強く願っていた。
雪が止《や》み、晴れれば近くの村人と
話をすることもできるが、
吹雪《ふぶき》が続く日は、家に閉じこもっている他はない。
若者《わかもの》には既《すで》に親もなく、兄弟もいなかったので、
冬はとりわけ寂《さび》しい。
ある晴れた二月の朝、
家を出ると軒《のき》に氷柱《つらら》が下がっていた。

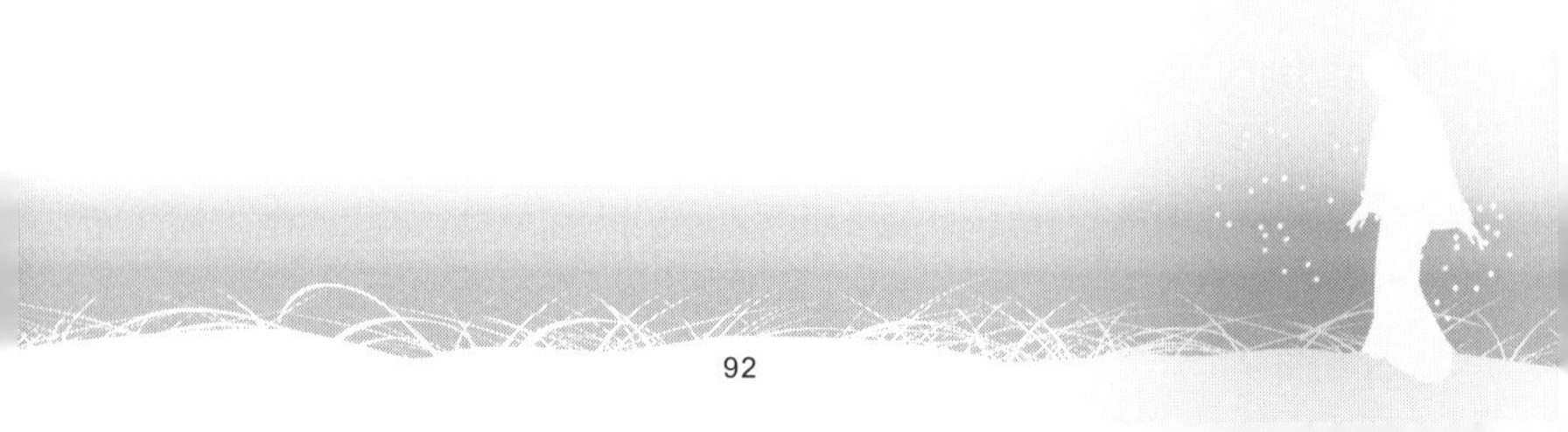

氷柱《つらら》は朝の光を反射《はんしゃ》して美しかった。

「この氷柱《つらら》のように美しい娘《むすめ》と知り合いになれればなあ」

若者《わかもの》は氷柱《つらら》に向かい、嘆息《たんそく》した。

その時代は、まだ神と人との距離《きょり》が近かった。

自然の中には、精霊《せいれい》のような目には見えない

不思議な存在《そんざい》も漂《ただよ》っていた。

氷柱《つらら》にも、物を思う心があった。

「わたしを人間にしてください」

氷柱《つらら》は祈《いの》り、その願いは神でもあり、

魔《ま》でもある力によって、かなえられた。

その晩《ばん》、若者《わかもの》が囲炉裏《いろり》の前にいると、
どこから来たのか、若《わか》い娘《むすめ》が訪《たず》ねてきた。
若者《わかもの》は娘《むすめ》を招《まね》き入れ、親しく言葉を交《か》わした。
二人が互《たが》いに打ち解けるまで時間はかからなかった。

二人は長い冬をいっしょに過ごしたが、
娘《むすめ》の行動には、いくつか不思議な点があった。
眠《ねむ》るときは、若者《わかもの》から離《はな》れ、
風が吹《ふ》き込《こ》む土間に横になった。
若者《わかもの》がこちらに来るように言っても、
娘《むすめ》はかたくなに断《ことわ》った。

やがて春を迎《むか》えた。

雪国の遅《おそ》い春。根雪も溶《と》けはじめ、

高い山に残雪の模様《もよう》が見える頃《ころ》だ。

娘《むすめ》はこつ然と姿《すがた》を消した。

若者《わかもの》は村中、娘《むすめ》を捜《さが》しまわり、

近隣《きんりん》の村々までも娘《むすめ》の行方《ゆくえ》を尋《たず》ねたが、

誰《だれ》も娘《むすめ》を知る者はいなかった。

「長い冬をひとりきりで過ごしたせいで、

少し頭がおかしくなったのではないか」

村人たちは若者《わかもの》を哀《あわ》れんだ。

「いやいや、そうではあるまい。
あれは雪女に心を奪《うば》われたのだ」

そう話す老女がいた。

「雪女？」

「おお、そうじゃ。おぬしたちも知っておろう」

雪女の話は、その一帯では有名だった。

雪の精霊《せいれい》なのか、神なのか、
雪の晩《ばん》にあらわれる美しい女。
出会う者を死に誘《いざな》う恐《おそ》ろしい存在《そんざい》だが、
気まぐれに命を救《すく》うこともあり、

人間の男との間に、子どもをもうけることもあるそうだ。
「三つ山を越《こ》えた先の村には、
雪女の血を分けた娘《むすめ》がいるそうな」
若者《わかもの》はその噂《うわさ》に飛びついた。
「行ってみる価値はある。もしかしたら
その娘《むすめ》が消えてしまった娘《むすめ》かもしれない」
若者《わかもの》は三つ山向こうの村に出かけた。
村に着き、娘《むすめ》について尋《たず》ねると、
誰《だれ》もが口をつぐんだ。
「帰れ」

中には農作業の手を止め、
鎌《かま》を持つ手を振《ふ》り上げる者もいた。
この村の中で誰《だれ》が雪女の娘《むすめ》なのか、
一向《いっこう》にわからなかったが、
若者《わかもの》は諦《あきら》めず、村をうろついた。
疲《つか》れ果《は》て、森を背《せ》にした道端《みちばた》の石に座《すわ》っていると
「もし、お前さま」
呼《よ》びかける声がした。女の声だった。
「静かに。振《ふ》り向かずにお聞きなさい。
お前が探《さが》す雪女の娘《むすめ》とは、わたしです」

その声は凛《りん》としていたが、聞き覚《おぼ》えはない。
捜《さが》している娘《むすめ》の声ではなかった。
「お前を哀《あわ》れに思うから教えます。
その娘《むすめ》は、人ではありません。
早く自分の村にお帰りなさい。
ここでその娘《むすめ》を捜《さが》し続けることは、
お前のためになりません」
「あの娘《むすめ》は雪女ではないのですか?」
軽く女は笑い声をたてた。
川のせせらぎのような声だった。

「雪女は春に消えたりしません」

若者《わかもの》はがっかりした。だが、ここまで来たついでに雪女の娘《むすめ》と名乗る者の姿《すがた》を見たくなった。

声のする方向から、自分の真後《まうし》ろにいるとわかる。

素早《すばや》く振《ふ》り向くと、
そこには、ぽっかりと深い穴《あな》が開《あ》いていた。

穴《あな》からは清冽《せいれつ》な水が湧《わ》き出し、
その流れは用水路のように、村に続いていた。

「声の主は穴《あな》の中にいるのだろう」

若者《わかもの》は水の流れを踏《ふ》み越《こ》えて、穴《あな》に入った。

穴《あな》の中はまだ真冬のように寒い。
足元には、雪解け水が勢《いきお》いよく、
白い靄《もや》をあげながら流れている。
穴《あな》の奥《おく》に小さな石の祠《ほこら》があった。
その前に身をかがめて祈《いの》る娘《むすめ》がいた。
長い髪《かみ》が白い。
「わたしの姿《すがた》を見て、気が済《す》みましたか」
雪女の娘《むすめ》は振《ふ》り返らずに言った。
若者《わかもの》の全身が震《ふる》え出す。
この場の冷たさに耐《た》えきれなくなり、

若者《わかもの》は穴《あな》から逃《に》げ出した。
村に戻《もど》った若者《わかもの》は娘《むすめ》を捜《さが》すのを諦《あきら》め、
以前の生活に戻《もど》った。
春・夏・秋と季節が巡《めぐ》る間に、
若者《わかもの》は村の娘《むすめ》と夫婦《ふうふ》になった。
冬が再び訪《おとず》れる。
三日三晩《ばん》吹《ふ》き荒《あ》れた吹雪《ふぶき》が止《や》んだ、
二月の寒い朝。
「お前さま。軒下《のきした》の氷柱《つらら》が伸《の》びてきて
邪魔《じゃま》だから、折ってくだされ」

彼《かれ》は鉈《なた》を持ち、家の外に出た。
四日ぶりの太陽が眩《まぶ》しい。
氷柱《つらら》は陽の光を反射《はんしゃ》して美しかった。
「氷柱《つらら》は美しいが、今は邪魔《じゃま》なだけだ」
そう呟《つぶや》くと、鉈《なた》を氷柱《つらら》に打ちつけた。
どさ。
氷柱《つらら》が落ちる音が家の中にも響《ひび》いた。
女房《にょうぼう》は、囲炉裏《いろり》の火を掻《か》き立て、
外にまで聞える大声で言った。
「お前さま、家の入口だけでいいのよ。

寒いから早くお入りなさいな」

返事はない。

「聞えないの？　もう家にお入りよ」

返事がないので、女房《にょうぼう》は外に出た。

男は雪の上に倒《たお》れていた。

その喉元《のどもと》を氷柱《つらら》が貫《つらぬ》き、雪は赤く染《そ》まっていた。

まるで人が近づくのを拒《こば》むかのように、

何本もの氷柱《つらら》が男の周りを囲んでいた。

冬 3月

怪談《かいだん》

椿《つばき》落花

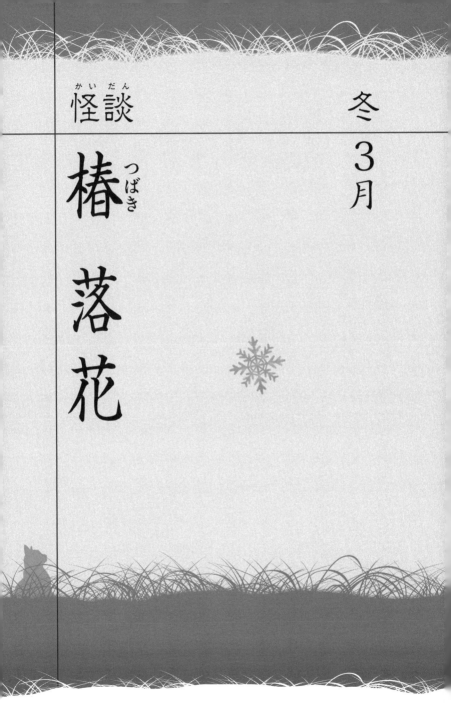

「まあ、今年も見事に咲《さ》いてるわ」

「ほんとお庭が広いといいわよね」

ざわざわと外からの声が聞える。

あれは、たぶん近所にできた新しいマンションに住む女性《じょせい》たちだ。

わたしの家は買い物コースの途中《とちゅう》にあるらしく、
ほぼ毎日家の前を、声高におしゃべりしながら通る。

わたしの家は、
この辺《あた》りでは古いもので、昔は名主《なぬし》だったと祖母《そぼ》から聞いたことがある。

だが今は、少し敷地《しきち》が広いだけの普通《ふつう》の家だ。

庭は花の咲《さ》く木が多いから、通る人たちが足を止め、眺《なが》めることもある。

今は椿《つばき》の木が花盛《はなざか》りだ。

その木はだいぶ昔から家にあるもので、

亡《な》くなった祖母《そぼ》がとても大切にしていた。

いちばん先の枝《えだ》は、二階の窓《まど》を覆《おお》うように広がっている。

「こんなに大きいと少し気味が悪いわ」

女性《じょせい》たちは、二階の部屋まで聞えてくるほどの大きな声で話す。

「早く通りすぎてくれないかな」

わたしは大きなため息をついた。

今年の冬、

わたしの家ではよくないことが続いた。

一月には祖母《そぼ》が亡《な》くなった。急死だった。
八十歳《さい》の高齢《こうれい》だったが、身の回りのことだけでなく、
家事をやる元気もあったのに。
同じ月、父は単身赴任《たんしんふにん》先で交通事故《じこ》に遭《あ》った。
もらい事故《じこ》だが、まだ仕事に復帰《ふっき》できていない。
慌《あわ》て者の兄は、二月の凍結《とうけつ》した庭先で転《ころ》び、骨折《こっせつ》した。
母は心労《しんろう》からか、ずっと体調がすぐれない様子《ようす》だ。
わたしは受験勉強に身が入らず、
風邪《かぜ》をこじらせて、大切な試験を欠席《けっせき》してしまった。
そのため、四月からは不本意な高校に通学しなくてはならない。

三月になり、椿《つばき》の古木が赤い花、
赤と白の混《ま》ざった花と次々と開花させていくのを見て、
家を覆《おお》う重い気分が、少しずつ晴れていく兆《きざ》しを感じていた。

外のおしゃべりは遠慮《えんりょ》なく続く。

「椿《つばき》は縁《えん》起《ぎ》が悪いって言うよね」

「そうなの？」

「そうよ。花ごと落ちるから、まるで首が落ちるみたいでしょ」

「椿《つばき》は化《ば》けるらしいよ。これだけ大きいと化《ば》けそうね」

「そういえば、ここのお宅《たく》・・・」

声が小さくなった。少し間を空《あ》け笑い声。

あははは

まるでわたしたち一家の不幸を笑うように聞えて、吐《は》き気がしてきた。

「聞えてます」

一言だけ文句《もんく》を言うつもりで、勢《いきお》い込《こ》んで窓《まど》を開《あ》けたが、

道には誰《だれ》もいなかった。

窓《まど》から身を乗り出し、周囲を見たが、人の姿《すがた》はない。

ふふふ

こもった笑いが背後《はいご》から聞えて消えた。

背筋《せすじ》がゾッとした。

一階にいる母にも、外の話し声は聞えていたに違《ちが》いない。

確《たし》かめるつもりで、階下に降りた。母はどこかに電話をしていた。

何度も頭を下げ、受話器を置いた。

「どうしたの?」

何となくイヤな予感がして母に尋《たず》ねた。

母は答えない。

わたしに背《せ》を向けてキッチンの方に向かいながら、ボソッと呟《つぶや》いた。

「明日、伐《き》るから」

翌日《よくじつ》は日曜日。

朝食を済《す》ませて、部屋にいると、
家の前に大きなトラックが停《と》まった。

窓《まど》のすぐ下で、ガヤガヤと数人の話し声がした。

「これですか？　こんな立派《りっぱ》なのに、もったいないなあ」

窓《まど》を開けると作業着の男性《だんせい》が三人。

傍《かたわ》らに母がいた。

男性《だんせい》たちはチェーンソーや、縄《なわ》を準備《じゅんび》していた。

「お母さん」

わたしが叫《さけ》ぶと、母は目でわたしを制した。

「日当たりも悪いし、手入れがたいへんなので、

早く伐《き》ってください」

わたしは階段《かいだん》を駆《か》け下り、急いで庭に出た。

「伐《き》っちゃうの?

おばあちゃんが大事にしてたじゃない」

「おばあちゃんがいなくなったから、

やっと伐《き》れるの。誰《だれ》が手入れをすると思ってるの?」

チェーンソーを持った男性《だんせい》は

わたしたちの会話を聞いて少しひるんだようだった。

「花の盛《さか》りだし、花が終わってからでも」

母はその言葉を聞かないように続けた。

「椿《つばき》は縁起《えんぎ》が悪いって、毎日噂《うわさ》される身にもなってください。

すぐに伐《き》ってくれるお約束でしたよね」

母は人が違《ちが》ったような鋭《するど》い目で男性《だんせい》を睨《にら》んだ。

「伐《き》ってください」

「はあ。じゃあ、危《あぶ》ないので離《はな》れていてください」

母はサッサと玄関《げんかん》に消えた。

男性《だんせい》たちは準備《じゅんび》をはじめ、
椿《つばき》の前に日本酒をお供《そな》えした。

不思議そうに見ていると、男性《だんせい》は誰《だれ》に言うともなく口を開いた。

「生きてる木を伐《き》るんだ。むごいだろ。

お詫《わ》びの気持ちで、お願いするんだ」

男性《だんせい》は見事に咲《さ》いた枝《えだ》を一枝《ひとえだ》、私の手によこした。

「これ、挿《さ》し木にすれば、また生き返るから」

花瓶《かびん》に入れた枝《えだ》を持ち、自室に戻《もど》る。

バリバリと作業をする音が聞えてくる。

椿《つばき》を大切にしていた祖母《そぼ》を思い出し、

胸《むね》が締《し》めつけられた。

作業音の合い間に、奇妙《きみょう》な声が聞えた。

「ホントに伐《き》っちゃうんだ」

くすくす

楽しそうな忍《しの》び笑いとともに、あざけるような声が続く。

「婆《ばあ》さんは手ごわかったけど、嫁《よめ》はチョロい。椿《つばき》は縁起《えんぎ》悪いのよ」

最後の声は、外をよく通る女性《じょせい》の声色だった。
椿《つばき》が我《わ》が家《や》を悪いものから、守っていてくれたとしたら。
祖母《そぼ》の死以外は、事故《じこ》も病気も受験だって、
最悪の事態《じたい》ではなかった。
その晩《ばん》、夢を見た。
十七歳《さい》くらいの女の子が、
黒い着物を着て庭に立っていた。
手には花をつけた椿《つばき》の枝《えだ》を持っている。
「ああ。伐《き》ってしもうたか。詮方《せんかた》ない」
その言葉遣《づか》いは、まるで数百年も生きている人のようだった。

冬3月

怪談《かいだん》

記念写真

卒業式の準備《じゅんび》がはじまった。
卒業する三年生や、在校生《ざいこうせい》代表に選ばれた生徒たちはたいへんそうだが、
ボクたち一年生は特にやることがない。
三年生は、もう授業《じゅぎょう》もほとんどないから、
空《あ》いている時間に、校内の色んな場所で、
記念写真を撮《と》ったりしている。
学校中が何となくざわざわした感じだった。
昼休み。
首からカメラをぶら下げたK先輩《せんぱい》に呼《よ》ばれた。
ボクは先輩《せんぱい》と同じ写真部に所属《しょぞく》している。

K先輩《せんぱい》は部長だった。
「これから記念写真を撮《と》るんだけど、手伝ってくれないかな。
やっと今日、部員が全員集合したんだ」
「それだったら・・・」
ボクが言いかけると先輩《せんぱい》が明るく続けた。
「三脚《さんきゃく》使えば、だろ? でも、集合写真じゃなくて、
スナップ写真を撮《と》ってほしいんだ。頼《たの》むよ」
ボクは先輩《せんぱい》の笑顔に負けて、引き受けた。
写真部は顧問《こもん》の先生が厳《きび》しくない。
自由な雰囲気《ふんいき》があって、所属《しょぞく》してはいるが、

めったに顔を出さない人や、他の部と掛《か》け持ちしている人もいる。
部室に行くと、そこには二十人近くいた。
こんなに三年生の部員がいたのかと思ったほどだ。
「これからTくんがスナップ撮影《さつえい》するから、
場所やポーズに注文がある人は、Tくんに早く申し出てくれ。
彼《かれ》は好意で昼休みを返上してくれたんだからな」
K先輩《せんぱい》はそう言うと、ボクの肩《かた》を叩《たた》いた。
「何も言われなかったら、適当《てきとう》に撮《と》って。
ボクは顧問《こもん》を呼《よ》んでくるから」
先輩《せんぱい》から手渡《てわた》されたカメラはデジタルの一眼レフだった。

ボクの憧《あこが》れの機種だったから、うれしくて
さっそくファインダーを覗《のぞ》いた。
よく知っている先輩《せんぱい》たちの注文から撮《と》りはじめる。
作品の前でポーズをとったり、
数人で輪になったりしているところを撮影《さつえい》した。
華道部《かどうぶ》と掛《か》け持ちしている女子の先輩《せんぱい》グループを
大きな花束《はなたば》といっしょに撮影《さつえい》した。
何も言ってこない人たちもいたので、
ボクはまんべんなく写《うつ》るように、シャッターを切り続けた。
というのも、何も注文しない人の中に、とても気になる女子がいたからだ。

その人は、部室を端《はし》から端《はし》まで、懐《なつ》かしそうに眺《なが》めていた。
ボクが出席した部活の時間には、会ったことがない。
きっと、他の部と掛《か》け持ちだったのだろう。
三年生になると大人《おとな》びて見える人も多いけれど、
うつむき加減《かげん》に微笑《ほほえ》んでいる姿《すがた》が清楚《せいそ》で、とても初々《ういうい》しい。
ボクは彼女《かのじょ》の姿《すがた》を何枚《まい》も写《うつ》した。
「三年生にあんなきれいな人がいたんだ」
ボクはファインダーから目を放《はな》し、
ホッとため息をついた。同じ部活だから、
名前は、後《あと》でK先輩《せんぱい》に聞いたら教えてくれるかもしれない。

彼女《かのじょ》がK先輩《せんぱい》の作品を眺《なが》めているところを写《うつ》したところで、始業時間を告《つ》げるチャイムが鳴った。

慌《あわ》ただしくドアが開《あ》き、K先輩《せんぱい》と顧問《こもん》の先生が部室に入ってきた。

「ありがとう、Tくん。ごめん。授業《じゅぎょう》はじまっちゃうね」

ボクは先輩《せんぱい》にカメラを返し、走って教室に戻《もど》った。

その日の放課後、

ボクはウキウキした気分で部室に向かった。

自分の撮《と》った写真を確認《かくにん》したい気持ちもあったが、

あの女子が誰《だれ》か、先輩《せんぱい》に聞いてみたい気持ちも大きかった。

部室のドアを開《あ》ける。

Ｋ先輩《せんぱい》とカメラを囲んで、三人の先輩《せんぱい》たちが座《すわ》っていた。

空気が重い。もしかして、

ボクはとんでもないミスをやってしまったのか。

振《ふ》り返ったひとりの先輩《せんぱい》が、

何か言いたげな様子《ようす》でボクを見た。

「ボク、何かマズいことしましたか？」

「いや。違《ちが》うんだよ」

答えたＫ先輩《せんぱい》の声が鼻声だ。

今まで泣いていたみたいに、目が赤かった。

「君には、見えてたのか」

何だろう。話が見えない。

K先輩《せんぱい》はプリントした一枚《まい》の写真をボクに手渡《てわた》した。

そこにはK先輩《せんぱい》の作品を眺《なが》めている彼女《かのじょ》が

ソフトフォーカスをかけたように、

ぼんやり写《うつ》っていた。

こんな効果《こうか》を使った覚《おぼ》えはない。

「とてもきれいな人だったから、

何枚《まい》も撮《と》ってしまって、すみませんでした」

K先輩《せんぱい》の肩《かた》が震《ふる》えている。

「写《うつ》っているのは、これ一枚《まい》だけだ」

そんなはずはない。

だってあんなに何度もシャッターを切ったのに。

「ボクらが一年のとき、突然《とつぜん》の事故《じこ》で亡《な》くなった女子部員だ。彼女《かのじょ》はボクの幼馴染《おさななじみ》だった」

K先輩《せんぱい》が絞《しぼ》り出すような声で言った。

部室の空気が急に冷たくなっていく。

ボクは混乱《こんらん》した頭で辺《あた》りを見回す。

部室の隅《すみ》で寂《さび》しげに、ほほ笑《え》む彼女《かのじょ》が佇《たたず》んでいた。

冬 3月

怪談《かいだん》 雛《ひな》語《がた》り

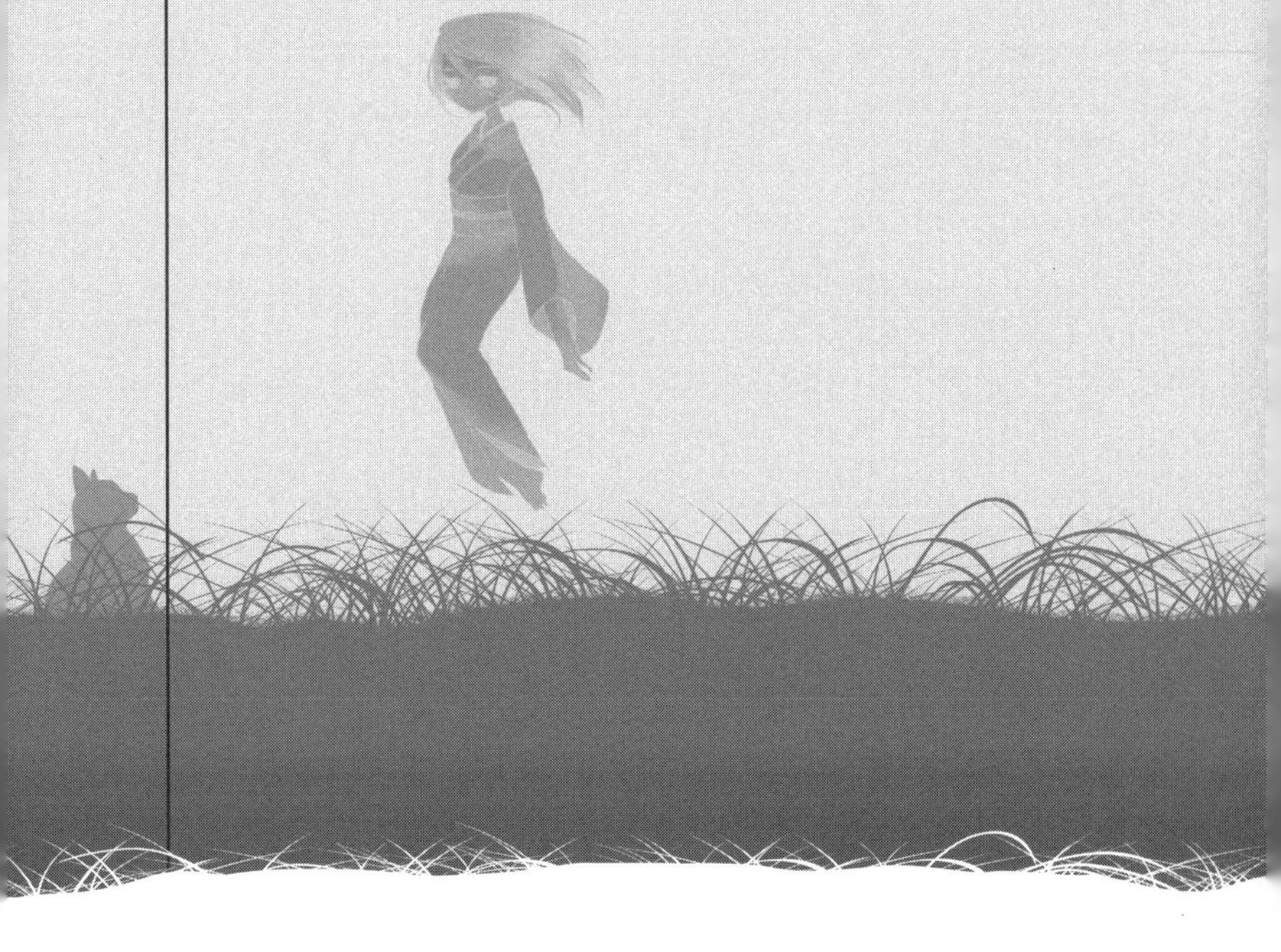

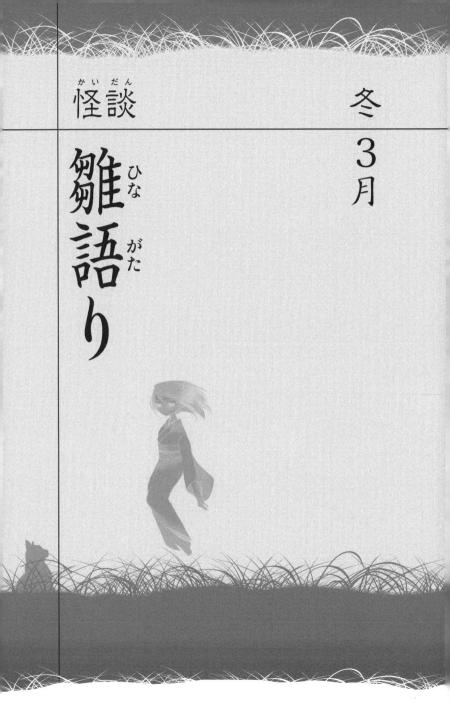

これは高校時代に、親友のFから聞いた話だ。

三月三日が日曜日だったので、
わたしはケーキを手土産《てみやげ》にして、
久しぶりにFの家を訪《たず》ねた。
春休みの計画を話し合うつもりだ。
「ありがとう。せっかくだから、
お雛《ひな》様が飾《かざ》ってある部屋でお茶にしよう」
Fの提案《ていあん》で和室に通された。
お雛《ひな》様は七段《だん》の段飾《だんかざ》り。

人形が小振《こぶ》りなので、正面に立つと、
いちばん上のお内裏《だいり》様と向かい合う形になる。
「こんにちは。お邪魔《じゃま》します」
女雛《めびな》の切れ長の目が、じろりと、
わたしを見たような気がした。
Fの家では雛人形《ひなにんぎょう》を
旧暦《きゅうれき》三月三日（今の暦《こよみ》で三月の終わりから四月中旬頃《ちゅうじゅんごろ》）まで、
飾《かざ》っておくことが恒例《こうれい》で、
飾《かざ》るのも、仕舞《しま》うのもFの役割《やくわり》だそうだ。
「二月の下旬《げじゅん》には、白酒《しろざけ》やお菓子《かし》を用意して、雛人形《ひなにんぎょう》を出すんだ。

一か月以上飾《かざ》るから、
その間、お菓子《かし》を換《か》えたりもするの」
「たいへんだね。うちの人形は男雛《おびな》と女雛《めびな》だけだから、簡単《かんたん》でよかった」
「もう慣《な》れちゃった」
「でも、すぐ仕舞《しま》わないと、縁遠《えんどお》くなる
って言い伝えは気にしないの?
うちは翌日《よくじつ》に即《そく》、片《かた》づけなさいって言われる」
「うちは気にしない。それよりも」
Fの家では、亡《な》くなった祖母《そぼ》の言葉が、
今でも影響《えいきょう》しているのだという。

「祖母《そぼ》にとって、雛人形《ひなにんぎょう》は呪具《じゅぐ》のようなものだったのかもしれない。
祖母《そぼ》は、病気がちだった一人っ子のわたしに
ずっとこう言ってたの。
『お雛《ひな》様は一年間、お前を病気や災難《さいなん》から守ってくれる。
だから一年に一度、箱から出して、思う存分《ぞんぶん》に遊んで頂《いただ》くんだ』って。
その言葉が暗示《あんじ》みたいになってるのかもしれないけど」
Fの家では、他に誰《だれ》もいないのに、
雛飾《ひなかざ》りのある部屋から、衣擦《きぬず》れの音や、
さざめく気配《けはい》を感じることがあるそうだ。
わたしは思わず、お雛《ひな》様に目を向けた。

『だるまさんが転《ころ》んだ』みたいに、

今、確《たし》かにチラッと何かが動いた。

Fとわたしをじっと見ている視線《しせん》を感じる。

Fが苺《いちご》のショートケーキをフォークで崩《くず》しながら言った。

「たった一度だけ、

この部屋で眠《ねむ》ったことがあるんだ」

そう言うと、Fはフォークを口に運んだ。

その結果は、

なぜか聞いてはいけないような気がした。

Fはそんな気持ちを察したのか、

お茶をひと口、飲むと話題を変えた。

「お雛《ひな》様、片《かた》づける方がたいへんなの」

旧暦《きゅうれき》三月三日の、日が暮《く》れかかる頃《ころ》。

「まるで日が沈《しず》むのを恐《おそ》れるように、せわしなく片《かた》づけるの」

とFは続けた。

お雛《ひな》様は一体ずつ、目《め》隠《かく》しをして、布《ぬの》に包《つつ》み、箱に入れる。

その箱は天袋《てんぶくろ》に仕舞《しま》う。

暗い天袋《てんぶくろ》の狭《せま》い箱の中で、お雛《ひな》様はこれからまた一年、じっと息を殺して、
Fに降りかかるかもしれない病気や災《わざわ》いを吸《す》い続けるそうだ。

Fは小さい頃《ころ》、祖母《そぼ》に聞いたことがある。

「お雛《ひな》様を出さないとどうなるの？」
「さあ、どうなるだろうねえ。お前がお雛《ひな》様なら、どうする」

現代では『お雛《ひな》様』と言えば、
女児の健《すこ》やかな成長を願って飾《かざ》られる人形飾《かざ》りのことだが、
もともとは、身代《みが》わりの人形に病《やまい》や厄《やく》などの穢《けが》れを移し、
祓《はら》う風習から生まれたそうだ。
『さんだわら』という盆状《ぼんじょう》の藁《わら》の上に、
紙の女雛《めびな》、男雛《おびな》を乗せ、川に流す「流し雛《びな》」は
そのかたちを今に残しているのだそうだ。

あとがき

「怪談《かいだん》十二か月 冬」を手に取ってくださって、ありがとうございます。

作者の福井《ふくい》 蓮《れん》です。

日本列島は、南北に長い竜《りゅう》の形に似《に》ていると言われます。そのため、季節の様子《ようす》も地方ごとに、かなり違《ちが》いがあります。

雪の多い地方、雪は少ないけれど寒さの厳《きび》しい地方、冬とはいえど気候《きこう》が温暖《おんだん》で、ほとんど雪が降らない地方。みなさんの冬のイメージは、どんな情景《じょうけい》でしょうか。

かつて、農業や漁業などが生活の中心を占《し》めていた時代。冬は家に閉じこもる季節でした。長い冬の間、人々の心を慰《なぐさ》めるため、それぞれの家の中で多くの物語がつくられ、語られたそうです。

それらの物語は春になり、人の動きが活発になるとともに、各地に広がっていったと考えられています。遠い場所で語られた話が、やがて全国に広がり、共通のイメージを形づくっていく、そんなことがあったのかもしれません。

かつて囲炉裏《いろり》を囲んで話された「冬の夜話」のような話。そんな話を集めてみました。

春の訪《おとず》れを待つ間、みなさんの心を、楽しませることができれば幸いです。

福井《ふくい》 蓮《れん》

著●福井 蓮（ふくい れん）

東京都出身。小学生の時、学校の七不思議のうち、4つを体験したことがある。

それ以来、心霊現象、怪談、オカルトなど不可思議な現象を探求し続ける。

特技：タロット占い。2012年深川てのひら怪談コンテスト　佳作受賞。

著書に「意味がわかるとゾッとする話　3分後の恐怖2期」「ほんとうにあった！ ミステリースポット」「いにしえの言葉に学ぶ　きみを変える古典の名言」（以上、汐文社）などがある。

挿絵・イラスト●下田 麻美（しもだ あさみ）
中央美術学園卒業後、フリーのイラストレーターとして活動。
最近では別名義シモダアサミとして漫画の執筆活動も行っている。
主な作品に『中学性日記』（双葉社）、『あしながおねえさん』（芳文社）などがある。

装丁イラスト●あかゐいと（あかいいと）
米ひるろ、緒方沚、紗嶋による和風特化イラストチーム。
個人でも活動している。

怪談十二か月　冬　白い季節と黒い闇《やみ》

2025年1月　初版第1刷発行

著　者	福井 蓮
発行者	三谷 光
発行所	株式会社 汐文社
	東京都千代田区富士見1-6-1
	富士見ビル1階　〒102-0071
	電話03-6862-5200　FAX03-6862-5202
	https://www.choubunsha.com/
印　刷	新星社西川印刷株式会社
製　本	東京美術紙工協業組合

ISBN978-4-8113-3136-2　NDC387